여름의 사실

창비시선 481

여름의 사실

초판 1쇄 발행 / 2022년 9월 9일
초판 2쇄 발행 / 2022년 11월 10일

지은이 / 전욱진
펴낸이 / 강일우
책임편집 / 최수민 박문수
조판 / 박아경
펴낸곳 / (주)창비
등록 / 1986년 8월 5일 제85호
주소 / 10881 경기도 파주시 회동길 184
전화 / 031-955-3333
팩시밀리 / 영업 031-955-3399 편집 031-955-3400
홈페이지 / www.changbi.com
전자우편 / lit@changbi.com

ⓒ 전욱진 2022
ISBN 978-89-364-2481-7 03810

여름의 사실

전욱진 시집

창비

차
례

제 1 부

신들을 위한 여름

트라우마

한번 사슴이 되었던 적 있다
검은 개 한마리 침을 흘리며
뛰어오고 있었다
잡아먹힌 부위는 기억나지 않는다

그 길가에는 사람이 많았다
그래서 아버지의 매질은 골목에서
계속되었다
아버지는 기억이 나지 않는다 하신다

애인은 너무 오래 말라 있었다
나는 속옷을 뒤집어서 입었고
그게 여름이었다
이름이 미주 아니면 희주였다

흐린 날 강가에 놀러 간 적도 있다
저녁이 되어 모닥불을 피웠는데
내 옷만 마르지 않았다
내가 물에 빠진 걸 아무도 몰랐다

물 대신 피를 똑똑 흘리며
뿔과 심장을 잘 보이는
남향에다 두었다
비명은 한 손에 쥐고

내가 부활한 사실은 나에게도 말하지 않았다

라이브

바다로 추락해 실종
특별연장근로 인정 검토
유력 용의자는 둘째 아들
지구촌 기상이변 속출
정기국회 파행
극단적 선택 추정
어두운 소문들과 그 내밀한 까닭이

앉아 있는 이의 입에서 시작되고

벌새 한마리를 보는 일에도
만듦새와 만드신 이를 생각하는
내 어머니는 어느새 옆으로 와서
아이고 쯧쯧, 혀를 거듭 차며

그 모두를 기쁘고 반갑게
속으로 맞이하신다

사람의 안목으로는 알 수 없는

거대한 노래와 함께
들어 올림을 받는 일

지구에서 알고 지낸
깊고 넓은 시름들이 전부
기담으로 전해지는 곳으로

그 일이 예고되었으니
기다리고 계셨다
버리고 간 피아노에 우리가 있는데

먼 빛을 세놓은 눈빛을 끄면
자기가 왜 이곳에 있는지
묻고 싶은 표정으로 가끔

그러고는 이거 뚜껑 좀 열어라
마늘장아찌 담아놓은 병을 건네시고

연착

갑자기 내리는 세찬 비였습니다
안 쓰는 대합실에 잠깐을 머무르려
사람들이 적잖이 모여들었고
의자도 다 차서 맨바닥에 앉습니다

철길 따라서 먼 빛으로부터
승강장에 들어오는 열차를 기다리는
다행히도 갈 곳 있는 승객의 처지로
내 이름과는 먼 곳으로 가고 싶었습니다

내리는 비가 오래도록 많아서
눕혀진 김에 드러누운 사람들은
서로가 처음이라 이럴 바에 차라리
이름하고 성을 좀 나눠보자고

나도 따라 일러준 그 이름은 사실
나하고는 상관없는 이름이었지만
이 기회에 살아보는 내세는 다정했고
춤과 노래를 쉬는 때마다 사람들이 태어났습니다

오지 않는 열차를 기다리다 죽은 나는
내 아들의 딸로 다시 대합실에 나서
떠나지는 노래마다 비옷을 입혀가며
모질고 튼튼한 할머니가 되었습니다

말보다 빗소리를 더 먼저 배우는
기다리는 이곳에서 열달 순산으로
승차권을 끊게 된 갓난이 받는 일을
손수 하게 되는 가끔이 있습니다

그리고 더 가끔가다 어떤 해산어미들은
제 애 이름 하나 지어주기를 나한테 간청하고
그때마다 나는 이름만이라도 화창하게 지어주는데
그게 다 내가 꿈에서 자주 불리던 것들이었습니다

묀순

실바람에 거뜬히도 걷는 이가 많은
강변에는 어머니로 보이는 사람과
그의 아들애로 보이는 사람도 있다

손잡고 이어진 둘을 내가 지날 때
자주 강을 건너는 기관차도 지나고
어머니가 무슨 말을 들려주었는지
아들애가 말 따라 큰 소리 내더니

'따우 호아'는 무슨 뜻이냐 묻는다
아이 어머니는 '기차'라고 일러준다
고향에서 쓰던 말인가보다

그렇게 같은 말소리가 거듭
어린아이로부터 생겨나더니
강을 가로지르는 긴 빗소리
불어오는 물바람도 미지근히

폭서

슬그머니 볕이 그늘로 들어온다
팔월 목전에는 볕도 버거운가보다
그늘은 기꺼이 자리를 내주고
처지와 사정을 서로 묻고 답하며
처음 만난 사이에도 알록달록한데
지나가던 바람이 어디 길을 묻길래
책을 덮고 내가 먼저 가르쳐준다

상도동

여기 비탈에 사는 사람들은
간신히 붙박이며 살고

나는 세 들어 사는 일이 처음이다

길손을 괴롭히는 도적이 많아
부디 반드시 살피면서 가라고
걱정이 섞인 옛말은 오늘까지 좋아
자동차가 다니는 고개 위에서
굳이 나는 목덜미를 아파하고 싶고

도적 대신 무해한 짐승이 많아
부끄럼도 없이 들개는 똥을 누고
골목길 싸다니는 고양이도 춘곤
사람들은 저녁 되면 기울어진 몸으로
먹다가 남은 음식 주려고 나온다

들꽃이랑 어울리려 개똥은 구르고
귀신도 장승도 어느덧 친해져서

똑같이 내일을 막막해하면서
절간이나 교회당에 나가볼까 고민하는
그런 둘의 다정은 배우고만 싶고

청과에서 삐져나온 알사과 구르는
여기 비탈도 내가 처음이라
기울기를 나한테 자랑하려다
오르는 할머니 꾸짖음에 놀라
덜 익은 퍼런 감도 때구루루 한다

힘들면 누구라도 조금 있다 가라고
임자 없는 나무 의자 앉아서 쉬는 사람
어두운 발잔등에 살포시 닿도록
비탈은 붉게 긴 능소화를 기르고

미끄러질라 말 한마디 없이
내민 손을 나는 꼭 붙잡으며
여기 비탈 길게 이어져서는
다 같이 처음 사는 일을 한다

신들을 위한 여름

무대 위에는 어떤 사람도 물건도 두지 않습니다
겪어본 적 없는 아름다운 기억만 있습니다

이제 사람의 모습을 빌린 신이 무대로 나와
지켜보는 이에 불과하던 그를 불러냅니다
몇몇 인물이 등장하고 퇴장하는 동안
그들은 떠났다는 사실만으로 노래가 됩니다

그들을 노래해야 한다는 이유만으로
그는 무대 위에 반드시 있습니다

미리 연습할 시간이 충분히 주어졌다면
그랬으면 좋았겠다, 생각하면서
살아본 적 없는 아름다운 나날을
내가 살 수 있을까, 의심하면서

그렇게 삶의 남은 시간을 보내게 됩니다

언젠가 머리 위에 빛이 한번은 꺼지고

손뼉 치는 소리만 오래 들려올 때 그는

지켜보는 이의 자리로 되돌아가
대단했다고 말하게 될 것입니다
정말 대단했다고

그리고 불빛이 다시 켜지면
무대는 아무도 없었던 공간으로 돌아갑니다
그 누구도 갖지 못한 아름다운 것만 두고서

아프리카 커피 자루

갈색 자루는 아프리카 어디에서 왔다
아프리카 어느 앵무새가 그려져 있고
자루 안에는 커피콩이 그득하다
연둣빛이 도는 마른풀 색깔
생두라고 부르면 흙냄새를 풍긴다

아무래도 자루 안은 불완전하다
어머니 쓸개처럼 조약돌이 많다
썩은 콩의 과육은 건망증
익명의 새가 발자국을 섞어놓고
그늘을 파양한 나뭇가지도 있다
가끔 머리카락이 나오기도 하는데
오늘은 허옇게 센 머리카락 보인다
적도에 사는 사람의 새치를 뽑으며
흙냄새 나는 가정집을 생각해본다
아이들 씨앗처럼 옹기중기 앉은 곳
어머니 오시길 얌전히 기다리는 곳
어머니 해 지면 돌아와 저녁을 나눠 주고
아이들 곤히 잠든 밤새 마른풀을 까맣게

미친 공기에 살다가 와 열병을 옮긴다는
모기 한마리 얼씬 못하게 한다는 풀
죽지 말자 가슴속과 함께 타는 영한 풀

그 손을 떠나 먼바다 건너
내 손안에 미신처럼 검은
커피콩 볶는 찻집에 앉아 나는 본다
바다 건너 여자의 속엣말 따라 하는
아프리카 어디 텅 빈 앵무새가 예쁜

여름의 사실

초여름도 모자 벗고 인사를 다 했다
날마다 내가 오늘 본 가장 아름다운
나를 두고 그대라고 부르는 사람을
나 또한 그대라고 부르면서 그대의
그대가 되는 일은 이 세상의 좋은 일이고
여름 한철로부터 결국에 위임장을 받은
그대는 수개월 뉘엿대는 마음 이제 없이
낮곁을 늘려 여러 꽃말을 수소문한다
밤이 오면 흰 비를 데워 가져다준다
그때 나는 보채지 않고 말곁도 없이
연해지는 방법을 하릴없이 배우는데
전에는 스스로 괴롭히며 얻었던 것들이다
조용히 그러모아 그대는 녹지를 조성한다
그런 다음 군데군데 새소리를 마련하고
누구나 쓸 수 있게 해놓지만
가장 작고 촘촘한 새장은 내 몫이라
한여름에 사랑이 주인 노릇을 한다

하경(夏景)

아이들 서둘러서 뜨고
어질러진 수박씨 냄새
살이 찌는 강이 무섭다
어린 개의 재채기 소리

잔서(殘暑)

새벽빛과 하는 것도 마지막이다

혼자 하는 만족을 침묵이 볼 때
이제 자려 누운 아침결에는 항상
친하지도 않으면서 귀엣말을 하는
그렇지만 식성이 나하고는 비슷한
저수지의 딸들이 오늘도 자명한 척
날아와서 귓가에 소문을 놓는데

여름이 또다시 아내를 구하고 있고
그게 이번에는 내가 될 거란 소문

가지 않은 나라의 사람들은 지금 겨울을 난다는 소문
사람이 살 만하지 않은 땅에 사람이 산다는 소문

죽은 사람이 밤마다 내려오는 산이 있다는 소문
어느 낭떠러지 노래하며 피는 꽃이 있다는 소문

윗동네 어떤 한 자매가 동시에 아름답다는 소문

아랫동네 아흔 노모가 일흔의 아들을 돌본다는 소문

기다리는 기별이 그런대로 전해올까
그만하라 오늘도 홰홰 손만 내저을 뿐
요즘에는 우리가 사별하지 않으니
내 피 남의 피가 흰 벽에 더는 안 남고
만족한 것들 이제 웽 하고 날아가서
다 확인된 거라며 퍼뜨릴지 모르는

누추한 이 세상에 그래도 누군가는 사랑한다는 소문

여름잠

꿈이라 다행이던 나절이 지나도
아직 나는 누군가 꼭 감고 있는
눈꺼풀 내부에 사는 거 같아서

집에 돌아온 입김을 그저
잘 먹이고 잘 재우고

알고 지낸 새가 말도 없이 떠나도
서운해하지 않으며

쓰러진 빛기둥을 다시 세운 다음엔
칭찬을 바라지 않는다

식물과 별들의 이름을 외워보려
자주자주 고개를 끄덕이다

날이 밝아오면 쌀을 씻고 빨래를 했다

겨울을 이루는 신들은 날마다 번갈아가면서

내 낯에 여름빛이 가실 동안 가만히 있어주고

다시 살아나거나 서로 화해하며 끝을 맺는
이야기를 소리 내어 읽다가 눈도 감아본다
얘기하자면 길어서,

불 앞에서 꺼내는 사랑이 조용했다

제 2 부

돌이키지 않아도 온 마음인 것으로

회복기

오전에 부탁한 바람이었다

제시간에 와주서서 고맙습니다

이즈음 매일 예쁜 금잔화를 바라보며
그것의 어두운 꽃말을 입으로 외면서
해안선을 정돈하여 바로잡는 중
사람이 살지 않는 섬이 되어가는 중

사람을 죽이거나 미치게도 만든다는 일이 있은 뒤였다

미래가 알려지지 않은 사실이라면
비밀은 미래의 가명
기도드린다는 말로 시작하는
너무 많은 미래 한가운데

내가 믿어지기를 바라는 사람
눈동자를 에워싸고 핀 꽃에 물 주며
하느님의 피로를 느낀 적이 있다

사람의 마음에 들고 싶어하는 일은 그만하고 싶습니다
지금 제가 무슨 말 하는지 다 아시죠

미래에서 나는 가난한 다행을 느끼며
감사 인사 없이 가만히 웅크리고 있다
아차, 그건 네 것이 아니란다
하면서 다시 가지고 갈까봐

새를 한마리 기를까도 생각하고 있다
섬이 하는 고백에는 으레 필요하므로
그러던 와중에 대답하는 바람이었다

아니요 저는 당신이 맡겨둔 게 아닙니다
단지 누가 꾸는 꿈속인지 궁금해서 왔어요
이렇게 자세히 안타까울 필요는 없지 않나요
그러니까 제가 지금 무슨 말 하는지 다 아시죠

도벽

내가 아끼는 걸 가져가지 그랬니,
오늘은 이런 소리를 들었습니다

수화기 너머 구해야 할 용서도 없이
분하지 않아 되레 미안하게 됐다며
내가 한번은 들어본 적 있는 웃음들

거기 다들 같이 있는 듯했습니다

잠깐 내리는 비도 나는
되어서는 안 될 거 같아

연결이 되지 않은 때가 돼서야
불룩한 호주머니 겉가죽을 만지작거리며
혼자서 사랑했던 경우를 이야기했습니다

결심

휘청거리다
넘어지려다
그래 무너지자, 하고
마음먹은 나를 옆에서
꼭 붙잡는 사람은 마치
곁에 있는 사람처럼

그리워하지도
잊지도 않은 채
마음의 눈으로 보았다
절대로 지지 말라는 듯
무너지는 마음 정도는
괜찮다는 듯

남아 있는 나날

어느 날 네가 사라졌을 때
사람들이 제일 먼저 행방을 묻는 이가
나였으면 좋겠다

그때는 놀라움도 그리 크지 않고
약간의 슬픔하고 더 많은 기쁨
마침내,라고 나 혼자서 하는 말
난 잘 모르겠다, 들리도록 하는 말

우리가 너희를 잘못 알고 있었구나
입맛을 다시면서 사람들은 가겠지만
수런대는 뒤통수들 눈여기지 않고

멀어서 자그마한 그에게 속삭인다
거기 있는 것들이 너한테 상냥하길,
돌이키지 않아도 온 마음인 것으로

모로 누워 가만히 눈 감고 있을 거다
바깥으로 길고 또 시끄럽게

사이렌이 울려도 계속 그래도

너의 낮잠

내 생각에 모든 바람은 출구가 낳는다

저 문을 나선 내가 다시 돌아오면
그 일은 그저 그런 밤 산책이 된다
아마 지금 제일 잘할 수 있는 일

어지럽게 환한 빛이 달에서 나오고
저수지로 말미암아 물안개가 오르니
가을바람조차 없는 밤

귀신 나오기 딱 좋네,
아버지로 보이는 사람 말이 옳다
옆의 작은 인간들은 울 것만 같다
이것도 지금 내가 잘할 수 있지만
울음으로 모는 일은 이제 재미없고

기르는 침묵은 무언가 물고서 오고 있다
내 생각에 이 주변 미처 알지 못했던
오래된 유적지의 귀중한 잔해

매장된 시신의 손 아니면 발
무엇이 되었건 들려줄 말이 될 거다

다만 그게 자유는 아니었으면 한다
간 곳이나 가는 곳 또는 내가 갈 곳
정처에다 도처인 그가 잠에 들어서도
나 하나를 전부 다스리고 있으므로

사는 사람마다 흉사를 치른다는
겉으로도 기이하고 으스스한 이곳도
아침에는 흰 빛이 비쳐 조금은 밝다

내가 뭘 좀 가져왔어.
이것 좀 봐 되게 재미있어.
매트리스 귀퉁이에 겨우 걸터앉아서
손을 모아 말하는 모양은 아무래도
잘못했다고 비는 것 같지만

미아리

언제부터 한쪽이 결린다던 누나는
얼마 안 가 해만 지면 몸져누웠다
이웃들도 의사들도 점집에나 보내보라 했지만
싫다고 싫다고 악을 썼는데
이번에는 내가 앓아눕자
누나는 조용히 내림굿을 받았다
누나가 늘 바라던 방이 그때 생겼다

차림이고 낯이고 전부 다 어두운
인간처의 낮에는 방울 소리 지나서
마음이 열리거나 닫히는 소리
닳도록 손 비비는 소리는 저녁상 치우면 들렸다
문득 잠에서 깨 오줌 누러 가는 한밤
초에 켠 불이 많아 아늑하게 깊숙하게
밝은 그 방으로 모르는 할머니가 들어갔고

일요일엔 모처럼 티셔츠를 입고 나와
누나는 시고 단 귤 먹고 싶다 했다
요 앞 청과에 좀 다녀오라 어머니가 심부름을 시키시면

나는 싫다고 싫다고 버팅기다 내쫓기듯
집을 나와 내리막길 걸으면 푸른청과 보이고
오르막길 걸으면 끝에 영광교회 나와서
낑낑 오르는 신자들 매번 저기 마귀 동생 간다 그랬다

유기

버리는 사람을 어느 날 보았다
거기에다 버리면 안 되는 건데
버리면 안 되는 데에다 굳이
버리고 가는 마음은 뭘까

여기에다 버리지 마세요,
큰 글자로 엄하게 쓴 팻말을 마련해서
버리면 안 되는 데에 놓을까 했지만

버리면 안 되는데 가면 갈수록
자꾸만 버려져서 겹치고 겹쳐
주인을 모르는 무덤처럼 쌓인
그 모양이 차츰 마음에 든다

자정 넘어 으슥한 쥐도 새도 잠든 밤
올려놔봤자 티도 안 날 법한
멈춘 지도 오랜 내 손목시계
버리면 안 되지만 슬쩍 버린 다음에
뒤돌아 헐레벌떡 도망치려 하는데

거기 얼룩같이 불쑥불쑥 솟아
버려진 거 가운데 쓸 만한 게 있나 없나
이리저리 들추고 뒤지는 사람들
버리면 안 되는 데에 버려진 그들 중
누군가가 시간을 다시 흐르게 할 때

누군가는 술이 조금 남은 병을 줍는다
누군가는 다 해진 코트를 건져서 입고
누군가는 읽지 않은 책을 꺼내 펼친다
누군가는 처음으로 개를 기르게 되고
누군가는 나침반을 얻어 재차 떠나고
누군가는 나쁜 마음을 먹는다 그때
누군가 재우고 달래는 노래를 한다
누군가는 또다른 누군가를 만난다
누군가는 마침내 알게 된다

월동

외로워서 못 산다 할머니가 우셨다
아흔을 바라보는 사람이 아직 저렇게
울 수 있다는 사실이 나로선 막막했다

할머니 말씀에 순이가 생겼다
청국장에 밥을 잡수시는 할머니 끼니는
청국장에 밥을 말아 먹는 순이의 끼니

난이의 집은 이제 순이의 것이 되었다
또 난이의 집은 전에 복이의 것이었다

부옇게 쌓이는 옥수수 속대가 옆에 앙상하다
겨울밤 할머니가 한꺼번에 태우실 것들이다

조명 가게

이층의 약력은 내내 눈부시다

맹인이었던 큰할아버지는 그 앞을 지나는 저녁이면 무언
가 훤하다고 하셨다

그러면 나는 눈을 감아
보았다

은하수비디오

층 하나를 다 쓰던 성단(星團)이었다
지금보다 느슨하던 중력에 여섯째 날
저녁밥 다 먹고 누나하고 집어 왔던
인력이 강한 비디오테이프
플라스틱 별 하나

마주 보며 도는 위성과 행성
밀물처럼 영화는 발생한다
악당도 입맞춤도 모두 빌려 오는 것
캄캄한 거실의 퀴퀴한 냄새 속에
온 가족이 앉아 결말을 관측했다

누나랑 나 자려고 누우면
둘 중에 누구 하나 붕 떠올라
쿵 소리 나면 자는구나, 생각했고
나도 곧 부딪치면 천장에다 크레파스
악당이나 입맞춤을 그려서 넣었다

궤도를 되감아도 건너올 수 없는

시간과 공간에 색깔을 연체했다
좁다란 골목 옆에 지금은
먼지구름 같은 간판뿐인
가장 오래된 별마저도 빌려주던

컷트

어머니 혼자 하는 가게에는
피도 안 섞인 자매들이 많이 온다

구원에 관해 이야기하기 전
요즘 봄동이 엄청 싸더라
그럼 오늘은 겉절이 해야겠다
근데 변비엔 호박잎이 좋다더라는 소리
그 집 아들은 군대 벌써 다녀왔다
통 눈이 안 보여 돋보기를 맞췄다
근데 세탁기는 어디 거가 좋으냐는 소리

말이 비는 때면 삭둑, 삭둑

그러다 언젠가 나도 한번 들어본 적 있는
생활이 무거워 종일 울고 싶다는 사람의 이름하고
짓눌려서 결국 엎드려 운다는 사람의 이름 그리고
지금 죽을 만큼 아프다는 사람의 이름과
지금은 죽어서 없는 사람들의 이름이 나오면
자르는 소리가 분명해진다

이야기는 이제 구원이다

시계를 본 자매들 일어나야겠다
말하는 시간은 저녁 일곱시다
아이롱 커트 둘 다 반값만 받고
배웅 나간 어머니 돌아오실 때까지
비질하는 소리는 내가 만들고
말끔히 잘려서 있는 희끄무레한
꼭 마치 이승의 달무리 같은

올무

다신 얼굴 보지 말자 말씀하신 게 그저께다
쉬운 일은 아니다 가족이라서
소파에서 당신은 낮의 내부를 재구성한다

티브이에선 들개떼가 민가에 피해를 주고 있다고
그저께는 마당에 키우는 개까지 물어 죽였다고

저녁으로 먹게 될 국이 끓는 중이다
식탁은 단 하나여서 국은 거기 차려지게 된다
수저 두벌을 식탁에 가지런히 놓는다

이제 그만 좀 하시라 처음 지른 게 그저께라
배는 안 고프다 그런데 가족이라서
마주 앉아 끼니를 이어야 한다

티브이에선 유기된 개들로 보인다고
엽사(獵師)라는 사람의 얼굴과 하는 말도 나오고

아버지 식사하세요 말해본다 여러번

그러나 안면 너머에서 나오질 않으시고
저기 차곡차곡 무너진 사람은 초면인데

아버지 식사하세요

호칭이 명중하자 아버지가 나타난다
알고 지내오던 사나운 개의 얼굴로
식탁을 지나서 나직한 산에 들듯
천천히 안방으로 들어가신다

물려 죽은 어린 개가 아른대는
아들은 굶지 않는다 국이 끓어서
말씀대로 어디서 못된 것만 배워서

국에 밥을 말아서 후루룩 삼키다
수저에 비친 내 얼굴이 구면이다
덫을 놓고서 한번 기다려보겠다
티브이에 나와서 이런 말을 했다

망정

물때가 좋아지면 걸어서도 이른다는
서해안 야트막한 섬의 잔설(殘雪)까지다
맨몸으로 공중을 부양하는 법 알던
십이월에 쌍둥이 본 외삼촌이 모는
새벽까지 운행되는 노선버스 종점

제 3 부

에스키모의 나라

삭제 장면

언덕에는 혼자 주저앉아
우는 거 같은 사람이 있었다

거기까지 굳이 올라가보았다
주성치가 혼자서 울고 있었다

우는 사람은 주성치지 내가 아닌데
나는 왠지 그가 우는 이유를 알고 있고

빗방울이 조금씩 떨어지더니
얼마 안 가 채찍처럼 쏟아졌다

주성치가 울면 비가 오는구나
이것은 처음 알게 된 사실이었고

그것 외에 나는 다 알고 있지만
말해봐야 위로가 되진 않을 거 같았다

밑바닥 인생이 발전을 거듭하며

끝내 성공을 거머쥐게 된다는

굴욕이 이어지는 동안에도
우스개와 너스레를 잃지 않는

당신의 이야기를 좋아합니다
모두가 당신 영화를 좋아해요

그러나 비바람은 더 거세져만 갔다
주성치의 눈물이 바다가 될 거 같았다

그러자 주성치마저 울리는 것이 세상의 일이라면
이 세상은 그만 망해버려도 좋겠다는 마음이 들었고

이 세상의 끝이 밀려오는 와중인데 나는
그가 우는 꼴이 새삼 기막히고 우스워서

우는 사람을 보며 웃는 건 옳지 않으니까
계속 슬픈 생각만 했던 거 같다

리얼리티

시간을 여행한다
영화에서 그랬다

앉아 있는 나는 저렇게
먼저 다녀온 다음에
말해줄 수 없겠지

미래의 불행을 막으려고
사랑하는 이의 생명을 지키려고
눈에 보이는 선한 의지까지도
여기 앉은 나한테는 없는 것

이미 일어난 일의 주변을 서성이며
돌이킬 수 없다는 것은 정말 그래
회상을 통해 더 잘 알게 되었다

영화 속 사람들은 끝내
불가능한 일들을 해내고
가장 긴요한 역할을 수행해낸

한 사람의 내레이션이 들리고

그렇게 이 모든 일은 과거가 되어간다
화면 밖으로 영화가 길게 이어진다면
그들은 이를 추억이라 부를지 모른다

이게 벌써 십년 전이구나
같은 영화를 열번쯤 보는 나는
플래시백이라는 기교를 부려본다

과거를 다시 돌보아
현재를 돕고 싶지만

감정의 고조는 이제 없어
눈 감고 누우면 그래도 잠이 왔다
지키지 못한 것을 지켜내는 것은
꿈에서나 그랬고

팩트 체크

약하고 가난한 사람이 그렇다고
착하고 어진 사람은 꼭 아니다

이런 사실은 이제 그리 놀랍지 않다

약한 자가 강한 자를 상대로 승리하는 이야기를
어디선가 들으면 여전히 기분이 좋다지만

약한 자가 자기보다 약한 자를 괴롭히는 이야기가
이 세상에 훨씬 더 많이 들려온다는 사실도
이제는 잘 알고 있다

북극에 얼음이 얼지 않고
폭우와 가뭄이 번갈아들고
굶어 죽은 짐승들이 해안을 가득 메워도
누군가는 하던 일을 계속한다는 사실도

강한 자는 날로 더 강해지고
약한 자는 날로 더 약해져서

놀림과 버림을 동시에 받는
누군가가 이 세상에 존재한다는 사실도

오늘만 반값에 드려요 보고 가세요 고객님
사람을 저 혼자서 말하도록 내버려두는
지금 우리가 사는 이 세상에

그래도 한번은 더 기회가 주어져야 한다
몸과 마음으로 외치며 사는 이들도 분명
이 세상에 있다는 그 믿음 하나만으로는

사실,

열린 결말

말해지지 않은 이야기는
나도 하지 않을 겁니다

비가 오면 비를 다 맞고
빛을 향해 자라는 동안

우거지고 울창해진 나는
여름새와 어린 사슴
시끄러운 버러지도 들이며

열린 결말에 관해 생각합니다

어느 때는 길 잃은 인간이 들어와
결국 나가거나 나가지 못하는데

끝내 이야기가 되어버린 그에게 나는
모든 것을 잊으라, 나직하게 말하고
그 사람은 그렇게 합니다

나도 그랬던 시절이 있습니다
물론 다 지난 일입니다

이제는 사람이었던 때가
그리 그립지 않습니다

뜬눈으로

너무 커서 옮길 수 없었을 거다 그래서
사진을 찍었겠지

분명 이자에게도 좋은 시절이 있었습니다
그때 이 사진은 중요한 물증이 될 거고
좋든 나쁘든 판결에 영향을 미칠 거다

사진에서 사람은 우리 둘뿐이다

너는 산 채로 있고 좋아 보이고
그 옆에 나조차 실수로 아름다운
처음 우리가 정면을 마주한 사진

배경은 밤이어서 잘 보이지 않는다
그날 내 기분에 따라
바다가 되거나 숲이 되거나 한다

빛은 이때부터 영원히 가두어졌고
아직도 자기는 억울하다 하는데

하소연이 길어지면 동시에 눈 감아
세상이 시끄럽다 우리가 차별했다

잠에 든 너의 낯빛이
현실을 데우는 동안
오늘의 바다는 눕거나 일어선다
바람이 없어도 그렇게 했다

나는 해변에 모로 누워 죽어가는 고래
너무 커서 네가 옮기기는 어려울 거다

그럼 이번에는 눈 감지 않을게,

와사비

물 맑은 냇가에서
서늘하게 자라
뿌리를 갈아 만들고
일본산이 유명하다나요

특유의 매운맛과 향이 있는데
혀가 아리고 콧등은 시큰하며
눈에는 눈물이 핑 돈다면서

그러니 많은 양을 한꺼번에
입에 넣어선 안 됩니다

그러나 적당하면 알싸함 뒤에
은근한 고소함을 느낄 수 있지요
흰살생선을 칼로 저미는
사람이 그랬습니다

그때 나란히 앉아
그 얘기를 들으며

함께 기다리던 사람과는 이제
만나지 않는 사이가 되었고요

그때는 동그란 눈을 같이 하고선
이게 생선의 비린 맛을 없애고
과연 감칠맛은 살리는 거군요

다시 와서 먹는데
맛있네요

휴일

거울 앞에 나 아니고 노동이 서 있을 때
누군가 날 부르는데 노동이 고개 들 때
곰살갑게 식탁 앞에 앉아 있을 때
일인용 침대 위에 포개어 누울 때
그게 나의 내부를 계속 궁금해할 때
그래 나도 펑 하고 보여줄까 고민할 때쯤

쉬는 날이 온다.

정오쯤 일어나서
햅쌀을 안치고

거실 바닥 쓸고
화분에 물도 주고 하는 날

쓸모없는 나절을 꼭 보낸 다음
사랑하는 소리를 듣고 내는 날

노동한테 이겨먹기 위해

내가 제일 가엾다는 생각 하나로
누구 하나 미워할 필요 없이도

간신히 스스로 아름다워지는 날

에스키모의 나라

흰 눈을 뭉쳐 내 가슴에 문지르고
남쪽으로 떠났던 네가 돌아왔다

요즘에는 한국에서도 백야가 관측된다고
올여름에도 눈이 온 것을 알고 있느냐고
너는 세계가 이상해지고 있다고 말한다

나는 지금 내가 키우는 새에게 주기로 한 점심을
네게 대접하고 있는 것을 아느냐고 묻지 않는다

네가 떠나고 남은 내 그림자 한가운데
둥근 볕이 나는 것을 알고 있느냐는 말도

에스키모의 나라에서 손님은 늘 환영받아야 하고
식탁 위의 뼈에 관해 설명해야 한다

네가 들려주는 소식을 내가 놀라워할 때
너는 스스로를 탐험가처럼 묘사한다
세계가 점점 이상해지고 있으므로

누군가는 위험을 무릅써야 한다고

하지만 이곳은 에스키모의 나라
단지 나는 새를 걱정하는 사람이지
이 세상을 신경 쓰는 사람이 아니다

식탁 위의 그것은 동물 뼈가 아니라
어느 여름 두개가 나란히 피었을 때
너하고 나하고 나눠 가진 무지개라고

혼자서 얼음 평원을 걷다 돌아오는 길에
한 사람이 쏟아지는 저녁이 많았다고

그날 커다란 빙하가 갑자기 무너졌고
숨이 드나드는 골짜기에 물이 찼다고
꿰뚫린 가슴에 부는 바람은 너였다고

에스키모의 나라에서는 말하지 않는다
다시 날아갈 준비를 하는 새 앞에서는

소금과 빛

거대한 광고판의 글자가
어느 날부터인가 사라졌다

신은 당신을 사랑하십니다

그런 신이 자신의 사랑을
도로 거두어 간 거다

물론 그건 신의 마음이고
원래 나는 그 신이 미심쩍었으니
아무래도 상관없다

다만 그를 순순히 모셔온 이들은
절대 그럴 리가 없다 말하겠지

물론 그 또한 그들 마음이고
누가 어떤 신을 굳게 믿건
아무래도 상관없다

그럼에도 그들 가운데 누군가
계속 믿지 못하는 나한테 와서
신이 나를 사랑한다
일러주듯 이야기한다면

나는 그와 함께 차를 타고
끝내 공항으로 가 닿는 고속도로를 달려
거대하고 텅 빈 광고판을 보여줄 거다

그럼에도 신은 나를 사랑한다
굳게 믿는 사람이 내 옆이라면
돌아가는 동안에는 한번쯤
믿어보는 척이라도 해줄 거다

곁에서 고개 끄덕이는 나는
깊고 오랜 잠이 필요하고
상처가 몹시 벌어진
그저 인간이라는 말 대신

안식년

해가 지고 내가 차린 끼니에는
오늘도 긴 머리칼이 씹혔습니다
자주 있는 일입니다

이듬해부터 그만해야겠습니다

다정을 버릇한 사람을 오해하는 일이나
윤일에 태어난 사람처럼 기다리는 일같이
정신이나 마음이 다 하는 일 말고

동파나 누수나 정전 같은 말소리들
배추 한포기 값에 손을 벌벌 떨며
침침해진 내 눈이나 걱정해야겠습니다

사람이 사람을 오래 좋아하는
감정에 관해 생각하는 일 대신
차렵이불도 없이 겨울나기 하는 일과
안경을 하나 맞출지 궁리해야겠습니다

개수대에 쌓아놓은 식기를 헹구며
바로 앞에 보이는 창문을 열었는데
여기에 머무르라 내쳤던 내 이마에
이제는 바람이 와서 놀고 있습니다

이러할 적마다 당신이 그랬듯
음악을 씻어서 주고는 싶지만
땅바닥에 발바닥을 마주 대고 있습니다

측량

폐가를 짓는 우리를 본다
내 앞에 있는 이는 선량하다
우리가 거기 들어가 오래 살 거라
믿고 있다

벌써부터 닫힌 바람이 불고
내 외투 자락만 가자고 할 때
바쁜 일이 있다 하고 일어선다
전에는 짓다 만 사람의 얼굴 모으기도 했다

또 그 전에는 정말 온 힘을 다해
달을 만들고 강을 매달기도 했다

비밀은 교회
만약은 극장
혐오는 식당
무지는 병원

그게 가능했다 그도 나도

공범이었을 때, 다 지난 얘기다

지금 이 사람은 다행히 진지하지 않다
아마 다수결로 남쪽을 정하게 될 것이다
사실 나는 거기 살림집을 짓고 싶다
수심을 전부 아는 바다 한가운데에

그러나 입 밖으로 꺼내지는 않는다

경주

가파른 무덤 위로
눈 하얗게 쌓이면
내 마음이 될 것입니다

가만히 전생 쪽으로 기울어
누구의 잘못 따지지 않고

도착하는 볕은 언제부터
이곳을 사랑했는지

알고 싶지만
몰라도 좋을 것입니다

다만 천개의 여름 중 한번
아주 느릿느릿 식어가는
사랑도 해볼 만했을 것이고

오늘 내 눈과 손이 닿지 않는 곳에
조용히 새겨져 있는 이름은 무엇이며

큰물이 괸 못에 홀로
자꾸 반짝이는 것은 무엇인지

알게 되어도
모른다고 할 것입니다

간절기

우리가 믿는 신들이 서로 사랑하다
헤어졌는데
혼자서는 알 수 없는 이유였다

설명을 못 들은 사람처럼
눈을 크게 뜨고 손바닥을 보여도

곤경에 처한 사람이 으레 하듯
눈을 감고 차분히 양손을 모아도

그게 도무지 알 수 없는

문득 생각난다 누운 벽 앞에
우리가 그늘이었을 때
그가 무어라고 말하는 것을
이해하지도 못했으면서
고개 끄덕인 적이 있다

그가 사랑하는 세계에서는

그 벽을 바다라고 부르는 것도

겨울은 높고 넓지만
원래부터 그랬을 것이다
공정하지 못한 일이 그냥 일어나기도 한다

가는 길은 꽃으로 된 노래
높고 넓은 곳의 저쪽
모든 것이 다시 시작되는 곳

내가 기다리고 있었다는 사실을
알게 된 것은 시간이 꽤 흘러서
노래의 복도마저 다 지나서였다

그 전까지는 누운 벽을 일으켜
그해에 사랑하게 된 것들을 받아 적고

내가 기억할 것이므로
그대는 잊어도 되었다

제 4 부

시절은 이제 상관도 안 하고

입춘

초인종 소리나 문 두드리는 일이
더이상 부탁이 되지 않는다

생김새를 모르는 기침과 한숨도
더이상 이웃이 되지 않는다

두뼘 정도 탁상에 빼곡한 식사
겨우 둘러앉아 삼켜도 좋던 저녁은

사람 둘이 가득 누워 훗훗하던 방에
잠에 든 사람 숨마저 따라 쉬던 밤은

알고 있는 새날을 기다리던 새벽은
더이상 나한테 전부가 되지 않는다

화분을 옮기면 나타나는 열쇠가
더이상 비밀이 되지 않는다

화분의 이름 모를 식물의 겨울눈도

더이상 다짐이 되지 않는다

입춘소묘

여름에 그렸던 사람을
조금 더 그렸다

사랑

어쩌다 겨울을 내쳐 지내버린
이파리는 버석대며 떨어져서
비로소 구르기 시작했습니다
이른 봄의 맵고 스산한 바람

이런 바람을 소소리바람이라고
일러준 사람 곁에 아직 매달려
바래도 앙상해도 봄의 한창으로
계속 가는 일은 내가 자주 하는 사랑

녹색이 보이면 혼자서
하고 싶은 오해를 하기 위해
아름다움을 다시 믿는 내가
나를 보러 오곤 할 것입니다

단둘

오늘내일 할 것 없이 매일이 그저
예상 가능하고 기정사실이었을 때
당신 눈빛이 내게 호외였습니다

타고난 다정은 내가 부럽고
그래서 부쩍 키가 줄었으나
마음 벼랑을 기어 올라왔으니
이게 다 덕분입니다

그윽하고 아늑한 게 당신 품이어서
고백은 메아리로 다시 올 거 같고
고개 들면 당신이 당신 얼굴에
어떤 표정 짓고 있을지 나는 압니다
일부러 거기 가담하지 않고
이대로 조금만 더 있겠습니다

당신의 품보다 밤이 더 느립니다
겨울인데 입김을 오래 못 봤으니
이 세상이 실내가 되었습니다

돌아가고 싶지 않다고 바라는
그때 내 표정은 나도 보고 싶지만

일단 이 마음을 내일 꼭두새벽부터
희게 내릴 풋눈으로 바꿀 생각입니다
차렵것이 없어도 우리가 따사해서
도리어 미열이 있을지도 모르지만
이대로 조금만 더 있을 겁니다

창원

눈이 귀하다는 이 마을에
눈이 오고 있습니다

내리는 소리 없이
성기고 가늘어서
푸짐히 안 쌓여도

흰 눈 오는 일이 귀하디귀한
볕살이 더 유명한 이 고장에
드디어 눈은 오고

내 눈에 흔한 당신 중 하나가
바깥에 눈을 맞으며 있습니다

오기를 바라며 지나는 시간이
지금 내리는 눈보다 더 희어서
감아도 당신은 어두울 줄 모르고
그때 나는 더러 이 세상을 좋아하고

짚어진 봄 풀어 당신이 온다면
이틀에 걸쳐 들려주고 싶습니다
가슴에 이를 만큼 쌓이고 쌓여
깊어진 말들이 내게는 있습니다

안양

뒷모습 없는 다정은 당신이 잘한다

늦저녁에도 불빛으로 환한 이곳에서
예전에는 다 논하고 밭뿐이었다고
당신에게 일렀다던 당신의 어머니를 생각하면
저절로 당신의 아버지 또 할머니와 할아버지
당신하고 성씨를 같이 써서 다정할 얼굴들
명절날 모처럼 벅적이는 가정집이 떠오르고

초승달을 마저 가리는 사람을 끝까지 보며
사람의 앞모습 하나로 감지되는 세상을
입으로 사랑한다 말한 사람을 내가
정말로 사랑하게 된 타향의 밤에
딱 하나 켜지는 가정집 불빛은
이제야 막 들어왔다는 것

내담

낮에 잠을 자는 일은 오랜만인데
일어나서는 편지를 쓸 생각입니다

예정되어 있던 것들을 하나씩 지워가며
여름에 풀베기하듯 잊으려고 하다보니
이다지도 잠결입니다

아침에는 누군가 우여곡절 끝에
삶을 빠져나갔다는 소식이 들렸습니다

곁이라면 이 슬픈 일을 당신한테 말했을 거고
이어 들려줄 만한 기쁜 일도 생각했을 겁니다
슬픈 일과 기쁜 일을 번갈아 이야기하는 동안
마음의 어디에 진심이 머무는지 궁금했습니다

사람이란 변할 수 있지만
그렇게 하지 않을 뿐일까요
지난봄에 예감했던 건 무엇이었을까요
결국 아무 일도 일어나지 않았는데

언젠가는 당신과 이것들에 관해
이야기를 나눌 수 있을 거 같다는 기분이 듭니다

그보다 지금은 저기 내가 무슨 말을 하고 있고
당신은 가만히 웃어 보입니다

오래도록 마음을 쏟은 물건에는
신령님이 깃든다는 이야기나

맞서서 계속 미워하던 두 사람이
결국 서로 사랑한다는 이야기를
여전히 당신은 좋아합니다

알고 있습니다
내가 잠을 자고 있다는 것을

이웃한 데에서 물건 소리 사람 소리 들려올 때
조용히 일어나 편지할까 생각도 하겠지만

생각만 하고서 저녁밥을 지으리라는 것도

오래 기다리면 당신이 올 수도 있겠지만
정말 오래 기다려야 할 거라는 사실도

기도하고 있어요

아무 데나 펼쳐서 놓은
너절한 소설책같이

이해하기 벅찬 말 가운데
맨 마지막 말이었다

기도하고 있어요,
나는 도서관처럼 조용했다

자신이 시드는 동안
내가 꽃피는 것을 알고 있는 사람 같았다*

오는 길에 그 사람이 믿는다는
신에 대해 생각하자
왠지 모르게 슬퍼졌다

겨울나무 안으로
새의 빈집이 보였다

나를 위해 기도한다는
사람의 얼굴은 잘 생각나지 않고
머지않아 슬픔도 그쳤다

얕게 모인 물 위로
떨어지는 겨울비가
스스로를 다독이고 있었다

다가가고
다가오는 것들 사이

슬픈 신의 얼굴을 보아도
나는 마음처럼 차가웠다

* 브루노 슐츠 「봄」에서.

춘분

잎도 다 트기 전에 피는
봄꽃처럼 잘 참지 못하시는
벌컥 화도 잘 내시고
문 닫고 거기 오래 잘 계시던
나의 아버지
그 피가 내 안에도 흘러
벌컥 욕을 뱉고 싶고
내 안으로 들어가 편하게만 있을 때
아버지가 아버지를 낳은 것만 같아서
그때 나는 무섭다
그런데 오늘 아직 추운 아침인데
나의 아버지
집 없이 사는 고양이 끼니를 거를까
국물 내고 남은 멸치 세마리 씻어
승합차 밑에 덜덜 떠는 어린 짐승에게
조용히 다가가 조심히 건네고서
서둘러 먹으라 재촉도 하지 않고
가만하게 몸만 웅크리고 계시던
오늘 아침 나의 아버지를 보면서

그 피가 내 안에도 흐른다는 사실과
아버지가 아버지를 낳았다는 사실이
오늘 나는 기쁘다

희우

톡톡
물 떨어진다
쌓인 눈이 녹아 높은 데서 물 떨어져 내린다
길게 뾰족이 얼어 매달리지 않은 것은 다행한 일이다
거기 아직도 볕바를 자리 있는 것은 다행한 일이다

이제 눈뜨고 일어나 얼굴 씻고 나와서
빗자루로 눈 치우면 느리게 나타나는
볕에 나의 응달쪽 내줄 일이다
제비도 고양이도 무당벌레도 와서
그 눈석임물을 먹을 것이다

제주

앞바다가 보이면 도착은 하얗다

봄살이를 먼저 하러 남쪽으로 날아
이르러선 모자도 목도리도 내려놓고
외투까지 벗느라 두 손 모자라는데

검은 돌로 쌓은 담에 야트막한 가옥들이
집집마다 좌정하고 눈 부릅뜬 조상님이
귤껍질을 말리는 앞마당보다도 신화가 많은 곳

몰큰 짠 냄새가 풍겨서 옆에 보면
지긋이 나이 먹은 사람들 입에서
들어서는 알 길 없는 말소리들이
말귀도 어두운 내가 그렇다고
귀문 닫고 눈도 감지 않은 건
죄인이 갇혀서 지냈다던 옛말에도
혼자를 이곳에서 마다하지 않은 건

섬사람 육지를 못 가던 시절부터

대전복 소전복 안 가리고 다 따러
파도 너머 숨틀까지 여자들이 모두 넘어
물면에서 호오이 하며 살아지는 소리
새들은 몰래 듣다 아이들이 되었다

이제 그 아이들 얼굴에는 잔물결이 일고
옹기마냥 소금쩍이 돋아 있는 옷을 입고
찡그리다 웃다 하며 큰 소리로 입에 내는
모국어는 얄캉하고 튼실해서 물고기 같다

이곳 눈은 안 쌓이고 금세 녹아 흐르고
흘러 여기 앞바다 되는 일을 좋아하고
나도 내 속에서 녹아 흐르는 것들이
투명해져가는 소리도 조용히 들어보며

무쳐 먹는 나물이나 개켜 있는 얇은 옷
사랑하는 사람들의 눈빛을 떠올리고
육지까지 데리고 갈 봄마음도 생각한다

이리저리 넌지시 웃는 돌이 많은 방에
지금 자면 봄잠이라 오래도록 잘 텐데
깨어나선 이마 위에 동백나무 자라나도
꽃이 붉게 피어나도 놀라지 않는다

삼천포

하려던 말과 내 몸짓은 잘 있습니다

사람의 진심이 자주 찾는 이곳에
흔한 볕을 물리치며 이끼를 키우고

미안한 일이 많았으나
끝내 하지 않은 사과도

분명 사랑할 일이었으나
내가 하지 않은 고백도

허전한 말로 묶어놓고 나서
이곳으로 몰래 벗어난 것들
어쩌면 주워 담을 수 있지 않을까, 하고

무릎에는 생각하면 부끄러운 빛
날 모르는 고양이처럼 그렇지만
어쩐지 화해의 몸짓으로

저기 모처럼 멀리 가는 내 결심 하나
없던 일로 회항할지는 모르지만
바다는 마냥 그냥 물비늘을 짓고

하려 했던 말과 몸짓을 이제서야 나는

곡우 무렵

살구꽃 핀 나무에 비가 살근거린다
벌어진 꽃잎에 평생 머무르다
살별처럼
비는 떨어지면서
여기 나와 당신을 바라보며
저기 둘이 틀림없이 사랑한다
그때는 지내던 살구꽃과
인연도 생각할 것이고
여기 나도 당신 곁에 한번쯤
흐르다 그치던 지난 생과
흐리다 맑은 오늘 하늘과
가지가 서로 닿아 기어이 통해
한그루 나무로 여겨진다는
오래된 연리지도 생각할 것이다

주문

시절을 다 가리고 선
저 사람은 또 누구일까
옆으로 좀 비켜주세요
말해야 할까
아니면 가서 멀찍이
나란히 아무 말 없이
감상해야 맞는 걸까
아니 그보다 저 모양은
앞모습일까 뒷모습일까
그늘에 속해 잘 모르지만
사실은 저 인물이
빛을 등진 채로 가만히
나를 보고 서 있는 거였으면
그랬으면 좋겠다고 생각하고
시절은 이제 상관도 안 하고
그게 정말인지 확인하러
다시 나아가기 시작한다

나의 찬란했던 슬픔에게

임지훈

편지를 씁니다. 지금 여기에 없는 당신에게 들려주고 싶어 오래도록 묵혀온 단어들입니다. 말도 몸짓도 되지 못한 것들입니다. 당신 없이도 밥을 먹고, 잠을 자고, 때로는 가까스로 아름다워지기도 하는 나절이 있다고 적습니다. 이제 나는 압니다. 봄이 무너지고 여름이 흘러가고 가을이 쏟아져 겨울을 지나고 나면 계절은 더이상 그때와 같은 낯빛일 수 없다는 것을. 이제 이곳은 그때와는 아무것도 같지 않다는 사실을. 나조차도 그때와는 다른 모습이 되어 다른 삶을 살아갑니다. 흐르는 강과 피어오르는 산마저도 그때와는 다른 모습으로 여기에 있습니다. 지금 여기에 당신의 흔적은 아무것도 없습니다. 당신이 사라진 이곳이 이제 나의 삶입니다.

삶. 소리 내어 말할수록 흔들리는 단어가 있습니다. 흔들릴수록 말하게 되는 단어가 있습니다. 말할수록 단정해질 수밖에 없는 마음이 있습니다. 이제 나는 압니다. 세상의 모든 기도가 부재하는 이를 향해 있음을 압니다. 모든 태어난 아이들과 모든 죽은 이의 무덤이 같은 방향을 향하고 있음을 압니다. 모든 언어가 지금 여기 없는 이를 위해 발명된 것임을 압니다. 모든 흔들리는 노래가 향하는 곳을 바라봅니다. '아무것도 없다'라는 말이 그렇게 단순한 말은 아니라는 생각과 함께 당신은 이제 나의 삶에서 아무것도 아니라는 사실에 가슴 아파하지 않는 시절입니다. 이 모든 사실을 껴안기 위해 가까스로 서 있는 계절입니다.

> 미래에서 나는 가난한 다행을 느끼며
> 감사 인사 없이 가만히 웅크리고 있다
> 아차, 그건 네 것이 아니란다
> 하면서 다시 가지고 갈까봐
>
> ―「회복기」 부분

아픔이 덜어져가는 시간조차 온전히 누릴 수 없는 마음이 있습니다. 아픔이 덜어질수록 줄어만 가는 말이 있습니다. 이 시집은 그렇게 단정해질 수밖에 없었던 목소리로 되뇌어온, 흔들리는 단어들의 자리입니다. "가파른 무덤 위로/눈 하얗게 쌓이면/내 마음이 될 것"(「경주」)이라는 말처럼, 느릿느릿 하얗게 쌓여 천천히 녹아가는 어느 여름에 대한 이야기입니다. 제목이 '여름의 사실'임에도 이 시집을 읽는 사람의 마음에 자꾸만 하얗게 눈 덮인 무덤의 이미지가 겹겹이 쌓여가는 이유도 그 때문일 것입니다. 때로 한 시절의 사실은 그 시절이 온전히 지나간 후에야 풍경 속에 새겨집니다. 누군가의 부재와 상실 또한 그 순간이 아니라 약간의 시간을 삼키고 나서야 우리의 안구 위에 얇은 상처로 내려앉습니다. 이 시집은 그것을 "가난한 다행"이라고 말합니다. 하지만 그것이 누군가 "네 것이 아니란다/하면서 다시 가지고 갈까봐" 두려워해야 하는 것이라면 아직 온전히 내 것이 아닌 "다행"입니다. '가난'과 '다행'이라는 단어가 만나 펼쳐지는 감정의 파고 속에서 우리는 어렴풋이 이 모든 "다행"한 마음과 잠시의 안정감이 어딘가에서 빌려 온 것은 아닐까 생각하게 됩니다.

무언가를 빌리는 행위가 필요에 의한 것이라면 그 필요는 무엇에서 태어난 것일까요. 없어선 안 될 것이기에 빌려야만 했던 것이라면 이토록 위태롭고 아스라한 마음은 무엇을 위해 바쳐지는 것일까요. 그것을 알기 위해서는 먼저 이 시집에 부재하는 두가지 대상에 대해 깊이 생각해보아야 할 것 같습니다. 첫번째는 '신'입니다. 그것이 실제로 피안 너머에 있다고 상상되는 실재적 존재로서의 '신'인지, 아니면 가정된 지점으로서의 형식적인 요소에 불과한 '신'인지 우리는 아직 알 수 없지만, 적어도 이 시집에서 화자의 눈에 비친 '신이 사라진 세계'의 모습이 어떠한 것인지는 알 수 있을 것만 같습니다.

거대한 광고판의 글자가
어느 날부터인가 사라졌다

신은 당신을 사랑하십니다

그런 신이 자신의 사랑을
도로 거두어 간 거다

물론 그건 신의 마음이고
원래 나는 그 신이 미심쩍었으니
아무래도 상관없다

다만 그를 순순히 모셔온 이들은
절대 그럴 리가 없다 말하겠지

물론 그 또한 그들 마음이고
누가 어떤 신을 굳게 믿건
아무래도 상관없다

그럼에도 그들 가운데 누군가
계속 믿지 못하는 나한테 와서
신이 나를 사랑한다

일러주듯 이야기한다면

나는 그와 함께 차를 타고
끝내 공항으로 가 닿는 고속도로를 달려
거대하고 텅 빈 광고판을 보여줄 거다

그럼에도 신은 나를 사랑한다
굳게 믿는 사람이 내 옆이라면
돌아가는 동안에는 한번쯤
믿어보는 척이라도 해줄 거다

곁에서 고개 끄덕이는 나는
깊고 오랜 잠이 필요하고
상처가 몹시 벌어진
그저 인간이라는 말 대신

─「소금과 빛」 전문

　밤의 거리 어디에서나 우리를 굽어보는 무수히 많은 붉은 십자가들을 상상하십시오. 낮게 가라앉은 우리를 향한 십자가의 붉은 눈빛이 이 도시에 신의 임재(臨在)를 자꾸만 상기시키는 평소의 밤을 상상하십시오. 그러나 임재의 상징이 넘쳐나는 도시의 밤은 신이 지금 여기에 없다는 사실 또한 상징한다는 것을 기억하십시오. 상징은 지금 여기에 없는 추상적 가치를 지시하고 상기시키기 위한 형식이지, 추상적 가치가 그 자체로 현현하기 위해 필요한 '빌린 몸'이 아닙니다. 십자가도, 성상(聖像)도, 신을 믿고 따르며 그의 사랑을 믿는 이도 모두 신의 부재를 알리고 있을 뿐, 신의 임재를 의미하는 것은 아닙니다. 이 도시에 이토록 많은 십자가가 있다는 사실은 신이 정말로 죽었으며, 이 세계에 더는 남아 있지 않다는 사실과만 관련될 뿐입니다.

그리고 이 시적 세계에서는 "신은 당신을 사랑하십니다"라는 말조차도 차츰 자취를 감춰가고 있습니다. 이 세계는 신과 사랑에 대한 기억조차 돈을 내야지만 개시(開示)될 수 있는 세계이며, 그 자리마저 이제는 비워져가고 있는 세계입니다. 신이 부재한다는 사실조차 점차 사라져가는 세계에서 화자는 얼핏 정당한 불신자를 자처하는 것처럼 보입니다. "신이 나를 사랑한다/일러주듯 이야기"하는 자들에게 자신의 불신을 보여주겠노라 결심하지만, 그럼에도 믿음을 견지하는 자에게는 "믿어보는 척이라도 해줄 거"라는 마음처럼 말입니다.

이 모든 진술이 신에 대한 부정을 의미하는 것은 아닙니다. 화자가 신자를 향해 드러내는 강한 불신에는 신이 이 세계에 존재했었으며, 신이 나를 사랑했었으나 이제는 신도 사랑도 이 세계에 남아 있지 않다는 사실이 함유되어 있기 때문입니다. "그런 신이 자신의 사랑을/도로 거두어 간 거다"라는 표현이 암시하듯, 화자가 진심으로 미심쩍어하는

111

것은 신의 존재 유무가 아닙니다. 다만 자신의 깊고 오랜 상처가 치유되지 못하고 있다는 사실을 한탄할 따름입니다.

'신이 나를 사랑한다면 내가 치유되지 못했을 리 없다. 그러니 신은 나를 사랑하지 않는 것일 테다.' 이런 마음이 "슬픈 신의 얼굴을 보아도/나는 마음처럼 차가웠다"(「기도하고 있어요」)와 같은 문장으로 언어화된 것이라고도 생각해볼 수 있을 것입니다. 여기에서 신이 "슬픈" 낯빛을 띤 존재라는 사실은 이 시집에 등장하는 신은 전지전능한 존재가 아니라 너무나 인간적인, 그리하여 슬퍼할 수밖에 없는 존재라는 것을 암시합니다. 「신들을 위한 여름」에서 신이 기적을 행하고 자신의 역능을 자랑하기보다 다만 인간을 위한 무대를 열어내었던 것처럼, 이 시집에서 신이란 문제의 해결을 위해 기댈 수 있는 존재라 말하기 어렵습니다. 신은 단지 인간을 위해 세계라는 무대를 개시(開示)하고, 그 위에 선 인간을 선한 낯빛으로 바라보고자 노력하는 존재였을 뿐입니다.

그리고 이제는 그와 같은 선한 낯빛마저 사라진 세계가 바로 지금 화자가 위치한 세계인 것입니다. 그러니 이 시적 세계에 신이 부재한다는 사실은 신의 존재에 대한 논증이 아닙니다. 이 사실은 그의 세계가 상처 입은 마음을 온전히 기댈 곳을 허용하지 않는 세계임을, 이곳에 있었던 신조차 사라져 이제는 어디에도 마음 기댈 곳이 없는 세계임을 암시할 따름입니다. 어쩌면 '신'이라는 단어 대신에 '충만감'이나 '만족감'과 같은 단어를 넣는다 해도 사정은 크게 다르지 않을 것 같습니다. 그것은 1부에서 반복해 그린 시적 세계가 어떤 대상의 부재를 중심으로 구조화되어 있다는 사실과 연관됩니다. '구조화'라는 단어가 지시하듯, 이 시적 세계는 간추려지고 최소화된 언어와 간결하게 나뉜 행과 연을 통해 안정된 구성을 보여줍니다. 하지만 그 사이사이 비문처럼 읽히는 문장과 인과관계의 일부를 생략한 것처럼 보이는 문장의 결합은 이 시적 세계가 어딘가 비틀려 있다는 인상 또한 전달합니다. 하지만 생각해보자면 그와 같은 비틀림은 이 세계가 견고하게 유지되기 위한 최소한의 조건이 아닐까 싶습니다. 신이 부재함에도 세계가 유지되기 위한, 대상이 부재함에도 세계가 무너지지 않기 위한 최소한의 조건.

이곳에 있었으되 이제는 부재하게 되었으며, 더불어 그 흔적조차도 차츰 사라져가는 대상의 세계. 이 세계에 대한 화자의 언어들은 또 하나의 부재하는 어떤 대상에게로 이어집니다. 「소금과 빛」에서 암시되었던 것처럼, 확연히 존재하였으며 언젠가 나를 향해 있었으나 이제는 거두어진 그것, 동시에 이 시집 전체에 걸쳐 계속해서 게시되는 그것은 바로 인간적 의미에서의 '사랑'입니다. 이 시집에서 사랑은 과거의 기억이 재생되는 속에서 자주 모습을 드러냅니다. 다만 이 사랑은 앞서 신의 사랑이 그러했듯, 에로스를 머금은 육체적 의미에서의 사랑보다는 이 세계를 살아내기 위해 필요한 최소한의 필요조건처럼 그려집니다.

> 식탁 위의 그것은 동물 뼈가 아니라
> 어느 여름 두개가 나란히 피었을 때
> 너하고 나하고 나눠 가진 무지개라고
>
> 혼자서 얼음 평원을 걷다 돌아오는 길에
> 한 사람이 쏟아지는 저녁이 많았다고
>
> 그날 커다란 빙하가 갑자기 무너졌고
> 숨이 드나드는 골짜기에 물이 찼다고
> 꿰뚫린 가슴에 부는 바람은 너였다고
> ──「에스키모의 나라」 부분

　인용 시가 가리키듯, 화자의 사랑은 그가 속한 세계의 존속과 관련되어 있습니다. 하지만 그 사랑은 더이상 나의 현실에 속하는 대상이 아니며, 이제는 꿈에서조차 추상하기 어려운 대상이 되어가고 있습니다. 화자에게 그와 같은 사실은 곧 세계의 마지막이 이곳에 당도함을, 그리하여 죽음이 머지않은 때에 자신을 방문하게 될 것임을 의미합니다. 사랑 이후의 세계란 곧 죽음 이후의 세계인 것입니다. 어쩌면 화자가 「트라우마」에서 자신의 모습을 관조하듯 바라보며 "내가 부활한 사실은 나에게도 말하지 않았다"라고 말하는 것은 이 세계가 자신의 죽음 이후의 두번째 세계임을, 즉 사랑이 부재하는 세계임을 이야기하는 것일지도 모르겠습니다. 그리고 진정으로 슬픈 일은 사랑이 끝날 때 나의 삶도 함께 끝나버렸음에도 나는 끝내 부활하여 이 세계를 살아가고 있다는 사실입니다. 그러므로 이 세계는 단지 망가지고 비틀려버린 세계인 것만이 아니라, 끝없이 죽음에 시달리는 세계이면서 동시에 사랑이 완수되지 못한다는 자책으로 인해 죽을 수조차 없게 된 저주받은 세계라고 말해야만 할 것 같습니다.

어느 날 네가 사라졌을 때
사람들이 제일 먼저 행방을 묻는 이가
나였으면 좋겠다

그때는 놀라움도 그리 크지 않고
약간의 슬픔하고 더 많은 기쁨
마침내,라고 나 혼자서 하는 말
난 잘 모르겠다, 들리도록 하는 말

우리가 너희를 잘못 알고 있었구나
입맛을 다시면서 사람들은 가겠지만
수런대는 뒤통수들 눈여기지 않고

멀어서 자그마한 그에게 속삭인다

거기 있는 것들이 너한테 상냥하길,

돌이키지 않아도 온 마음인 것으로

모로 누워 가만히 눈 감고 있을 거다

바깥으로 길고 또 시끄럽게

사이렌이 울려도 계속 그래도

　　　　　　　　　　　　　　　　―「남아 있는 나날」 전문

　이 시는 가즈오 이시구로의 동명의 작품을 떠올리게 만들지만, 소설에서 사랑이 한순간의 감정으로 치부되고도 생의 마지막 순간 다시금 건져질 수 있었던 것과 달리 이 시에서 사랑은 흔적도 없이 사라진 지 오래이며, 단지 잔향으로만 남아 있습니다. 여기에서도 사랑은 포기할 수도, 완수할 수도 없는 것으로 깊게 새겨져 있는 것처럼 느껴집니다. 어쩌면 시적 화자에게 사랑이란 시끄러운 사이렌 소리와 같은 것일지도 모르겠습니다. 다가올 때에는 난폭한 굉음으로 순식간에 나의 삶을 완전히 지배하다가도 나를 스쳐 지나갈 무렵에는 순식간에 미미한 소리가 되어 사라지고 마는…… 그리고 이 모든 순간이 끝나고 나서도 이명으로 남아 오래도록 나를 괴롭히고 마는 마음 말입니다.

　이 시집에 실린 사랑에 관한 시 중에서 특히 이자관계(二者關係)를 배경으로 한 시들이 적확한 사랑의 순간을 그려내기보다는 사랑이 지나가고 난 후 삶 속에서 되비쳐지는 먹먹한 마음을 그려내는 것도 여기에 덧붙여볼 수 있을 것 같습니다. 하지만 그중에서도 이 시에 나타나는 화자의 목소리에 담긴 먹먹함은 이명이 자리 잡은 화자의 마음을 배경으로 바라볼 때에야 비로소 의미가 선명해지는 것 같습니다. 표면적으로 이 시의 후반부는 지나간 이를 향한 따스함처럼 보이지만 그 배경에는 차마 목소리가 되지 못한 마음이 이명으로 남아 있기 때문입니다. "멀어서 자그마한 그에게 속삭인다/거기 있는 것들이 너한테 상냥하길,/돌이키지 않아도 온 마음인 것으로"라는 말이 그 표면과 달리 깊고 어지러운 느낌을 주는 까닭이 여기에 있습니다. 이토록 단정한 말을 위해서는 그와 같은 깊고 짙은 혼란을 견뎌야만 하는, "모로 누워 가만히 눈 감고 있"는 시간이 필요하기 때문입니다. 그 시간은 한편으로 "다시 살아나거나 서로 화해하며 끝을 맺는/이야기를 소리 내어 읽다가 눈도 감아본다/얘기하자면 길어서,//불 앞에서 꺼내는 사랑이 조용했다"라고 말하는 「여름잠」에서의 시간과 같은 것이기도 합니다. 이 모든 마음 또한 망각도 완수도 허락되지 않은 사랑의 순간을 향해 있기 때문입니다.

이와 같은 사실은 이제 여기에 부재하는 대상으로서의 '사랑'이 어떠한 것인지를 더욱 명확하게 말해줍니다. 그것은 나의 경험적 시간에 대한 기억이면서 동시에 그 기억을 구성하는 타인을 포함하며, 이 모든 것은 지나간 시간 속에 존재할 따름입니다. 그리고 이제 여기에 사랑이 부재하게 됨으로써 나의 사랑은 망각할 수도, 완수할 수도 없는 저주와 같은 것이 되었습니다. 그렇기에 화자가 한 시절을 함께한 이를 향해 건네는 안녕의 기도는 그것을 구성하는 말들의 단정함과 달리 복잡한 이면을 숨기고 있다고 할 수 있습니다. 이 세계에 더는 그때와 같은 사랑은 없는 것입니다. 저주를 배경으로 하는 단정한 마음만이 사랑의 흔적이 되어 애를 쓰고 있을 따름입니다. 이 세계는 「잔서(殘暑)」에서와 같이 누추한 세계이면서도 사랑이 다 녹지 않고 흔적으로나마 존재한다는 사실이 소문처럼 떠도는 세계입니다.

그러니 이 세계가 단정한 언어로 구성되어 있음에도 어딘가 비틀려 있다는 인상을 주는 것은 당연한 일입니다. 부재하는 사랑에 대해 망각도 완수도 허용되지 않는 세계는 속수무책으로 흔들릴 수밖에 없습니다. 그럼에도 화자는 사랑을 거듭 입에 담으며 완수될 수 없는 자신의 사랑을 계속해서 새겨나갑니다. 비틀려버린 화자의 세계 속에서 이제 사랑은 다음과 같은 말들로 다시 새겨집니다.

하려던 말과 내 몸짓은 잘 있습니다

사람의 진심이 자주 찾는 이곳에
흔한 볕을 물리치며 이끼를 키우고

미안한 일이 많았으나
끝내 하지 않은 사과도

분명 사랑할 일이었으나
내가 하지 않은 고백도

허전한 말로 묶어놓고 나서
이곳으로 몰래 벗어난 것들
어쩌면 주워 담을 수 있지 않을까, 하고

무릎에는 생각하면 부끄러운 빛
날 모르는 고양이처럼 그렇지만
어쩐지 화해의 몸짓으로

저기 모처럼 멀리 가는 내 결심 하나
없던 일로 회항할지는 모르지만
바다는 마냥 그냥 물비늘을 짓고

하려 했던 말과 몸짓을 이제서야 나는

—「삼천포」 전문

이를 향해 종언 이후의 사랑이라 해도 과장은 아닐 것입
니다. 더는 완수할 수 없게 되었으나 차마 잊을 수도 없게 된

사랑이 화자의 안구에 영원토록 얕은 상처로 남아 풍경 속에 다시금 사랑을 새겨 넣고 있기 때문입니다. 모든 풍경과 사물의 자태 속에서 얕은 통증이 느껴지는 것은 그 때문입니다. 화자의 눈을 거쳐 현상한 세계는 얕은 상처로 인한 왜곡을 필연적으로 포함할 수밖에 없습니다. 그러니 이제 우리는 사랑은 어디에도 없다고 말해야만 하지만 그 말이 단순하지 않게 되어버렸음을 느끼게 됩니다. 모든 풍경이 화자의 눈으로 비쳐질 때, 안구에 새겨진 얕은 상처를 통과하여 비로소 시가 될 때, 이 모든 풍경에는 사랑이 흔적처럼 새겨져버리고 말기 때문입니다. 그러니 사랑은 어디에도 없습니다. 그 까닭은 이 모든 것이 사랑으로 헤아려진 풍경이기 때문입니다.

시절을 다 가리고 선
저 사람은 또 누구일까
옆으로 좀 비켜주세요
말해야 할까
아니면 가서 멀찍이
나란히 아무 말 없이
감상해야 맞는 걸까
아니 그보다 저 모양은
앞모습일까 뒷모습일까
그늘에 속해 잘 모르지만

사실은 저 인물이

빛을 등진 채로 가만히

나를 보고 서 있는 거였으면

그랬으면 좋겠다고 생각하고

시절은 이제 상관도 안 하고

그게 정말인지 확인하러

다시 나아가기 시작한다

———「주문」 전문

  그러나 이와 같은 사랑의 관점이 단지 한 시절을 견뎌내기 위한 방편인 것만은 아닙니다. 오히려 그것은 앞에서 우리가 물었던 하나의 질문, "가난한 다행"이라는 말과 연관되어 있습니다. 망각할 수도, 완수할 수도 없는 사랑 앞에서는 차마 자신의 것이 될 수 없었던 "다행"이지만, 그것은 지나간 이의 안녕을 빌기 위해 필요한 최소한의 마음입니다. 오직 그 마음이 있었기에 화자는 어지러운 이명 속에서도 단정한 말을 해낼 수 있었을 것입니다. 짙은 어지러움 속에서 지나간 이에게 기도하기 위해 바라는 그 마음은 어쩌면 화자가 이 모든 시절을 견뎌낸 뒤에 찾아올 미래로부터 빌려온 것인지도 모르겠습니다. 그와 같은 구도에서 바라보자면 『여름의 사실』 속에 새겨진 청명하고도 단정한 풍경은 우리가 흔히 말하는 '내면의 평화'나 '마음의 안정'과 같은 것이 아니라, 타인의 안녕을 바라는 마음으로부터 되뇌어진 풍경이라 말하는 것이 더 정확할 것 같습니다. 그리고 이제 우리는 알 수 있습니다. 그 모든 풍경은 안구에 새겨진 얕은 상처를 각자 제 나름의 방식으로 머금고 있다는 사실을. 신과 사랑이 어디에도 존재하지 않는 세계가 어떻게 어디에나 신과 사랑이 존재하는 세계로 변화하게 되는 것인지를 말입니다.

그러니 이 시집을 읽어나가는 당신이 오래도록 이 시집을 바라봐주었으면 좋겠습니다. 깨끗하게 씻어낸 곡옥에 비친 사물을 깊이 들여다보게 되는 일처럼 이 시집을 오래도록 간직해주었으면 좋겠습니다. 한나절 정도만이라도 그렇게 지난 시절을 떠올려주었으면 좋겠습니다. 이제는 산과 강조차 고스란히 있지 않은 곳, 허름한 간판도 길쭉한 골목도 주홍빛으로 낙하하던 저녁 빛도 모두 사라진 그곳, 우리의 모든 것이 더는 남아 있지 않은 그곳을. 그리고 그때쯤에는 당신이 이 시집의 말들을 오래도록 믿어주었으면 좋겠습니다. 그렇게 믿음을 발판 삼아 사람의 마음을 바라볼 수 있다면 좋겠습니다. 이제 우리의 사랑은 모두 끝이 났습니다. 하지만 우리가 안구에 새겨진 얕은 상처로 세계를 바라보는 동안 사랑은 어디에나 깃들어 있을 것입니다. 이제는 그때와 같지 않은 마음으로, 하지 못한 말과 몸짓은 지난 세월에 모두 남겨둔 채로. 미래의 다행을 빌려 와 당신의 다행을 비는 마음으로. 『여름의 사실』이 진심으로 말하고자 하는 바도 어쩌면 이와 같을지도 모르겠습니다. 오래도록 시를 써나가며 세계를 자신의 상처로 다시 헤아려나가는 일. 신과 사랑이 어디에도 남아 있지 않은 세계를 어디에나 신과 사랑이 깃들었던 세계로 다시 바라보는 일. 흔적조차 사라져가는 세계 속에서 아무것도 남아 있지 않은 자리를 바라보며 자신의 안구를 더듬는 일. 그리하여 아무것도 남지 않은 자리가 바로 신과 사랑이 머물렀던 자리였음을 속삭이는 일……

그러니 이제 우리에게 사랑은 아무것도 아닙니다. 아무것도 아닌 모든 것이 사랑입니다. 이곳에 아무런 흔적도 보이지 않는다면 모든 사물이 서로를 길게도 사랑하고 있었다는 소문이 다시금 들려올 것입니다. 당신이 이 시집의 처음으로 되돌아갈 바로 그 무렵에.

林志勳 | 문학평론가

마음과 기억은 대개 같은 말이고
자주 내 편이 아니었다

다만 나를 뚫고서 지나간 것
그게 무엇이었는지 알고 싶었다

여전히 세상사에 어둡고
언제나 사람이 어렵다

사랑하지만 용서는 하지 않은
그 모두에게 이 책을 건넨다

2022년 여름
전욱진